李多木

中国画精选

写意牡丹

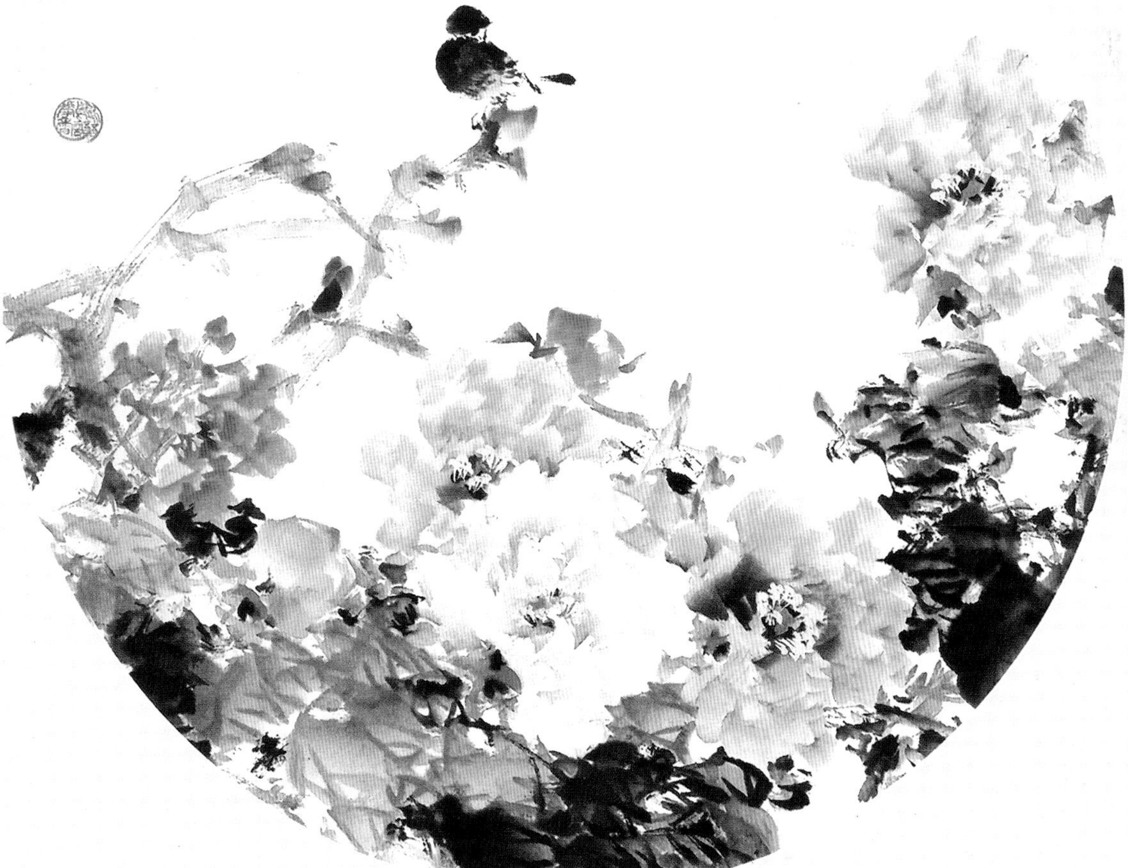

福建美术出版社

作者简介

李多木，1941年生于四川资中县。现为陕西书画研究会会长、陕西省美术家协会会员、中国工艺美术家协会会员、中国国画家协会培训中心教授。

李先生四十余年涉猎多元绘画，主攻花鸟画卓有成就。能将巴山蜀水的灵秀风采与长安画派的犷放笔墨有机地融为一体。其作品既有写生写实的造型功力，又有写意迁想的浪漫神采；既有风花雪月的清纯，又有浓艳富贵的热烈。诗情画意，清新隽永。擅长画牡丹、孔雀等题材作品。所画牡丹雍容华贵，却无艳俗之感；所画孔雀高贵华丽，却未见尘俗之气。在强调真实、细致的同时，更有文雅的内在气韵，笔墨间洋溢着情趣，线色中蕴涵着深沉。

李先生多次在国内外举办个人画展，作品广受世人喜爱与收藏。代表作有《孔雀牡丹图》、《春酣》、《中国十大名花》、《月夜》等。作品被张大千纪念馆、吴昌硕纪念馆和毛主席纪念堂等多家单位收藏。出版有《李多木花鸟画选》、《李多木画集》、《李多木花鸟画作品集》等。作品收录于《中国当代著名画家珍品选》、《中国绘画年鉴》、《陕西书画名家作品集》、《西部风韵·中国画名家作品集》、《中国收藏》、《中国画家》等典籍书刊。

图版目录

“得鱼忘筌” 妙造自然

上世纪七十年代末在中国这块大地上，文化艺术的确进入了令人欣慰的春天。中国画领域，在东西方艺术思想、艺术风格、艺术技巧交融、碰撞、同化、异化的过程中，艺术家在向自己民族艺术传统回归的进程中，在艺术家从各自不同的起点，各自不同的感悟中寻找自我风格的沉静与焦躁中，在对五光十色的社会生活的理解与表现中，在瞬间激起的艺术灵感的燃烧、捕捉、把握与物化中，数以万计的艺术爱好者、艺术家都在努力实现弄潮儿的自我价值。

但我们深知，一个真正有水平的画家，既不是突击出来的，也不是炒作出来的。一个真正有修养的画家总是努力远离那些廉价的炒作。他们总是以一颗平静的心，顽强地、不停息地走自己的艺术之路。“神童”往往是瞬息即逝的慧星，除极少数“天才”之外，“大器晚成”才是被许多艺术家实践验证过的永恒的真理。我的好朋友，当代长安画坛上极有影响的花鸟画家李多木就像“庾信文章老更成”一样是“晚成”的“大器”。

多木生于天府之国四川。蜀中山川的雄秀、深厚的巴蜀文化积淀与艺术世家的熏陶，是他青少年时代直接耳濡目染的艺术滋养。有趣的很，我和多木一样都是先学文学的，也都喜欢学花鸟画。只可惜我半途而废，愧对师授；多木笔耕不辍，由技入道，成了真正的花鸟画大家。人们常说“冰冻三尺，非一日之寒”。他是沿着古代中国画家的艺术道路，首先从传统线描入手，由工而写，认真研究物象的基本结构与本质特征。锻炼心、手、眼之相应。打下了坚实的造型基础。进入不惑之年后，他把更多的精力集中到对花鸟画的研究、探索与创作中。对于非阇的庄重，陈之佛的典雅，石涛的率真，吴昌硕的笔法，齐白石的墨韵，王雪涛的清新都能心领神会。成千幅内容丰富、笔墨精到、色彩丰富、气韵生动的作品，是多木为自己建造的绚丽的艺术之宫。

赏读他的国画创作，你首先会被他作品所表达的诗情诗境所感动。《夜来新雨过》、《明月欲待花睡去》等作品的宁静、安逸、祥和、清丽本身就是一首优美的抒情诗。他追求完美，美得令人神往，令人陶醉，令人有回归自然的惬意。《清音》、《仲春时节》一类的画，在冷暖的对比中洋溢着生命的活力，花与鸟的洁净、鲜活、灵动成了美的颂歌。《花丛珍禽》、《欣欣向荣》、《朝露》、《新妆》、《竞飞图》在春风送暖、万物苏醒、百花争艳令人心旷神怡的季节，留住美，留住春意，留住春潮、留住春光，这是花鸟画家永恒的主题，体现出他的情思与用心。娴熟的笔墨技巧，丰富绚丽的色彩成了他留住五彩美梦的艺术语言。

在他的笔下，由技入道，得鱼忘筌，我们能看到的是现实主义创作方法的升华，是激情诗境的表达，即使是尺幅小品，也是大手笔、大境界。令人感动的美的形式沁透了作者的不俗的情怀。雅俗共赏的艺术表现手法，更体现着作者挚着的平民意识和用艺术服务于普通百姓的审美追求。时下，一些人探索艺术新形式，一些“素人”、“百工之人”闯入画坛，对于繁荣艺术未尝不是一件可喜可贺的好事。但摈弃中华民族认同的审美观念，摈弃传统的艺术技巧，不讲笔墨，不讲艺术的形式美，甚至颠倒美丑，以丑为美，不能不说是中国画艺术发展中的异化。当然，世界是多元的，人的审美心理也是多元的，有人“美比你不过，我与你比丑”，用不是中国画的“中国画”挤入中国画坛，用不是中国书法的所谓“书法”发泄不可名状的郁闷与烦恼。但大多数人需要和谐，需要美，需要赏心悦目的真正意义上的中国画佳作。多木的花鸟画正是这样的佳作。

福建美术出版社将出版《李多木写意牡丹》画集，多木邀我作序，我十分高兴。他和我的老兄张义潜都是在长安颇有影响的“西北书画院”的领导。他默默地耕耘自己的一片艺术园地。近二十多年来，我经常读他的画，有时也和他聊几句绘画的事，我看到他的画里不断有新的意境和新的笔墨溢出，实实在在让我常读常新。正因为他有厚厚的艺术素养、文化积淀、生活积累、笔墨修养、进取精神，所成之作才有了浓浓的生活情趣、鲜活的生命力。艺术没有止境，也没有尽善尽美，有只能是不懈的追求。我只想不断读到他的属于自己民族的中国画新作。我相信多木兄在不断否定旧我，完善新我中创作出更好的作品，奉献给这个纷繁多彩的世界和追求完美艺术的自己。

钟明善

2006年12月

（本文作者系中国书法家协会顾问、西安交通大学艺术馆馆长、教授）

图例一:《长安春色新》画法步骤

步骤一:布枝叶取势。1.花叶分大小组,多变用笔落纸即为叶。叶多处少着干,叶少处着力表现枝干。2.勾叶筋用笔宜挺健有力,疏密有致。突出部分可表现牡丹叶三叉九顶特征。

步骤二:添花补叶。1.主次明确。画花头外形要破圆,花有整体感、花瓣有主次、有变化。2.此图主花在左上部,次花在右下部,主花傍加一花蕾增加主体分量。忌在纸正中心安置花朵。3.点叶芽要用笔肯定、多变化。

步骤三:补景。1.牡丹画笔墨元素丰富,配主之物宜简宜素宜整,以不破坏牡丹花主体为原则。一般配以芭蕉叶、水仙、玉兰、青草、竹叶、山石、小鸟、蜂蝶等。2.此图下方较齐平,故配以斜势山石小草破之。

步骤四：调整、题款、用印。1.完善花朵外形加深花心，增强立体感。2.以淡色或淡墨弥合花叶中多余空白圈眼。适当加添少数笔墨元素丰富画面。3.题款字应与画中用笔和谐。4.用印不宜太大，一至三方不同式样的即可。

图例二:《和谐图》画法步骤

步骤一:确定主花颜色(黄颜色),画大小两组牡丹。此幅大组在右上, 小组在左下;中间留有适当的空间安排孔雀的位置,顺势在花边缘添画出嫩叶。

步骤二在适当的位置上画上孔雀,两只孔雀要呼应和变化。

步骤三: 孔雀着色,色彩单纯一些,以衬托牡丹。加深色叶和枝干,注意花叶枝干框架的组合协调。再以浅花青色染出草地。

步骤四：审视协调全图。略加浅色枝干及浅色叶，重墨点醒局部枝叶。

图例三:《黄花一品》画法步骤

步骤一:画石。以转中带折的笔法勾画石头,稍后点擦石头纹理,表现石头立体感。

步骤二:画牡丹的主花叶。花朵的形状要有变化,花叶要有姿势。忌雷同,忌花朵色彩杂乱。

步骤三:补景。补以玉兰花,增加画面点、线元素。再加添淡色牡丹花蕾。使画面主次分明,黑白灰、点线面的构成基本协调。

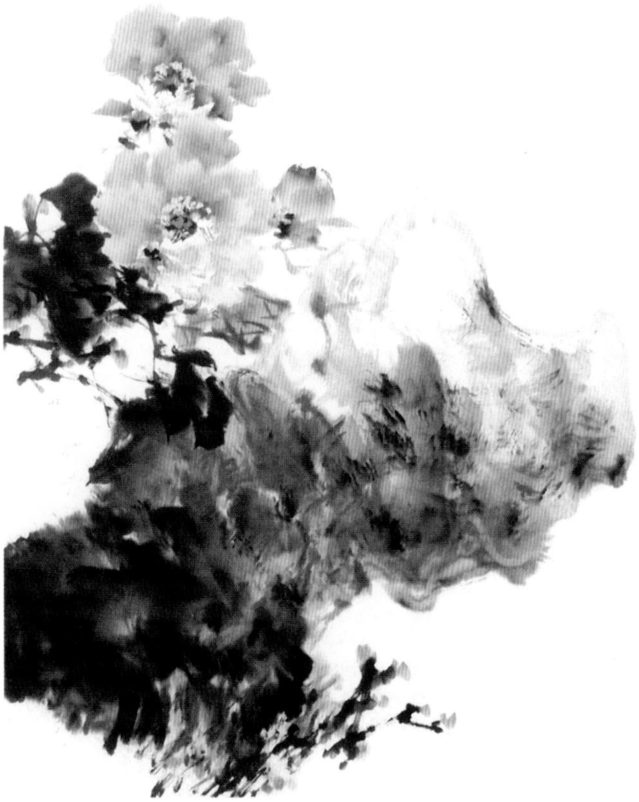

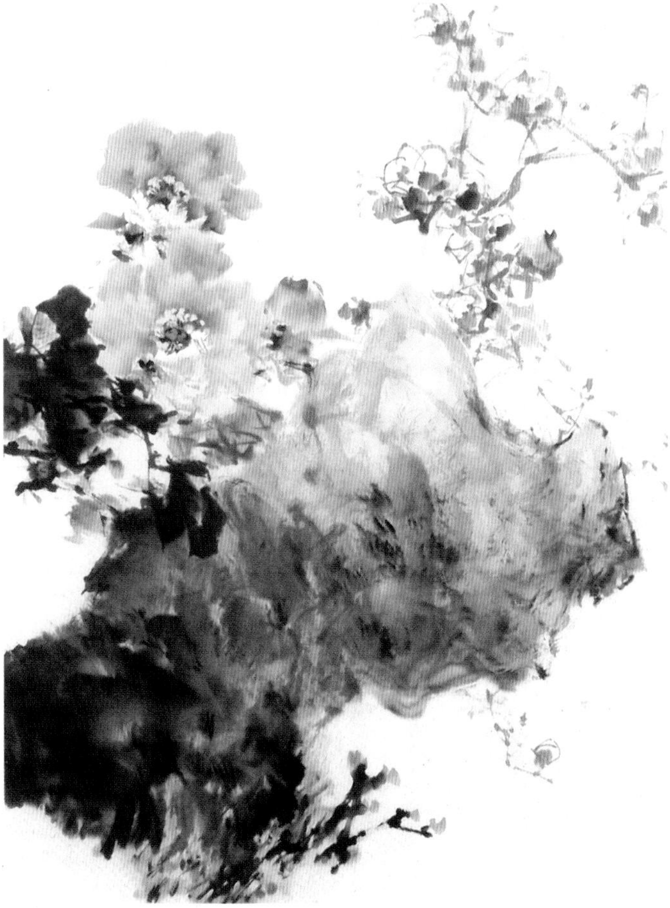

步骤四：调整与题款。以极淡的石绿和赭石染石头，用笔要多变，忌平涂。半干时染淡石青，洒石绿点于石头深色处。淡墨虚笔添加少量软性杂草。最后题款盖印。

娇 艳

清　音

夜来新雨过

春色满园

国色天香

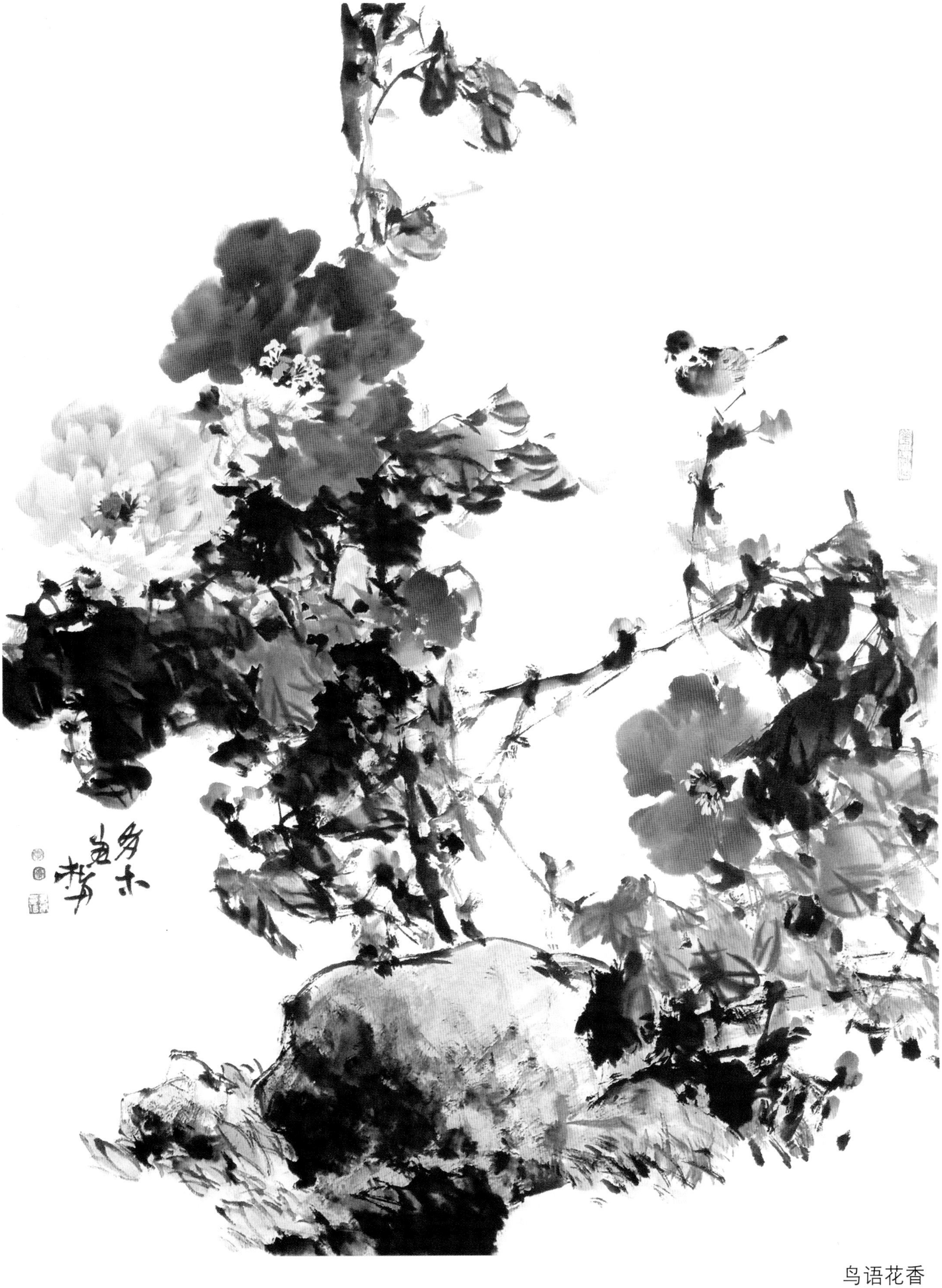

鸟语花香

长安春色

出蓝夺翠

醇 和

争 光

春酣

素艳依栏

竞飞图

五色牡丹

红艳欲语

风来花自舞

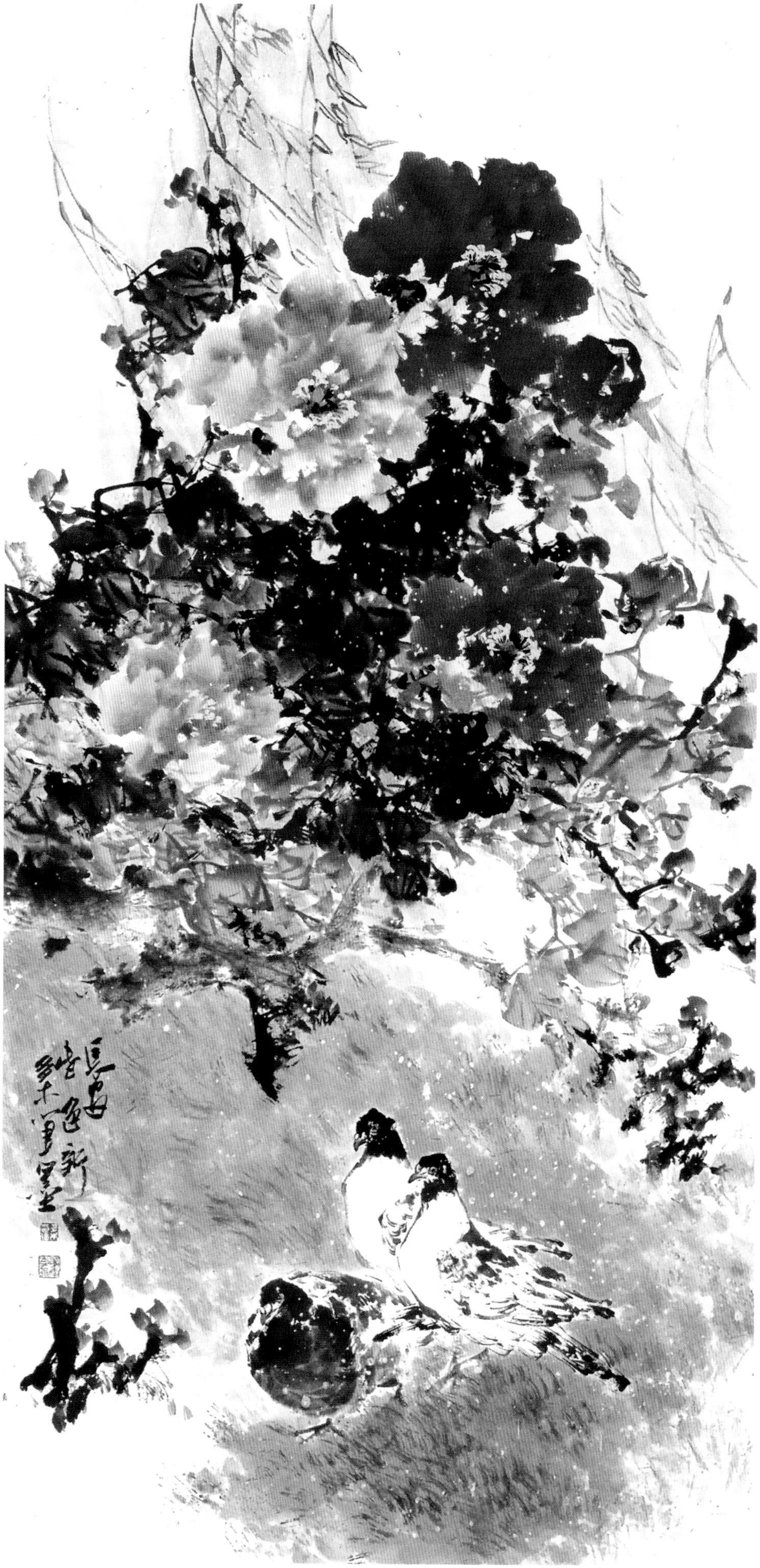

牡丹鸽子

锦上添花

明媚春光

晓园天香

素艳奇葩 素艳奇葩 醉魂梦葩奇艳熹

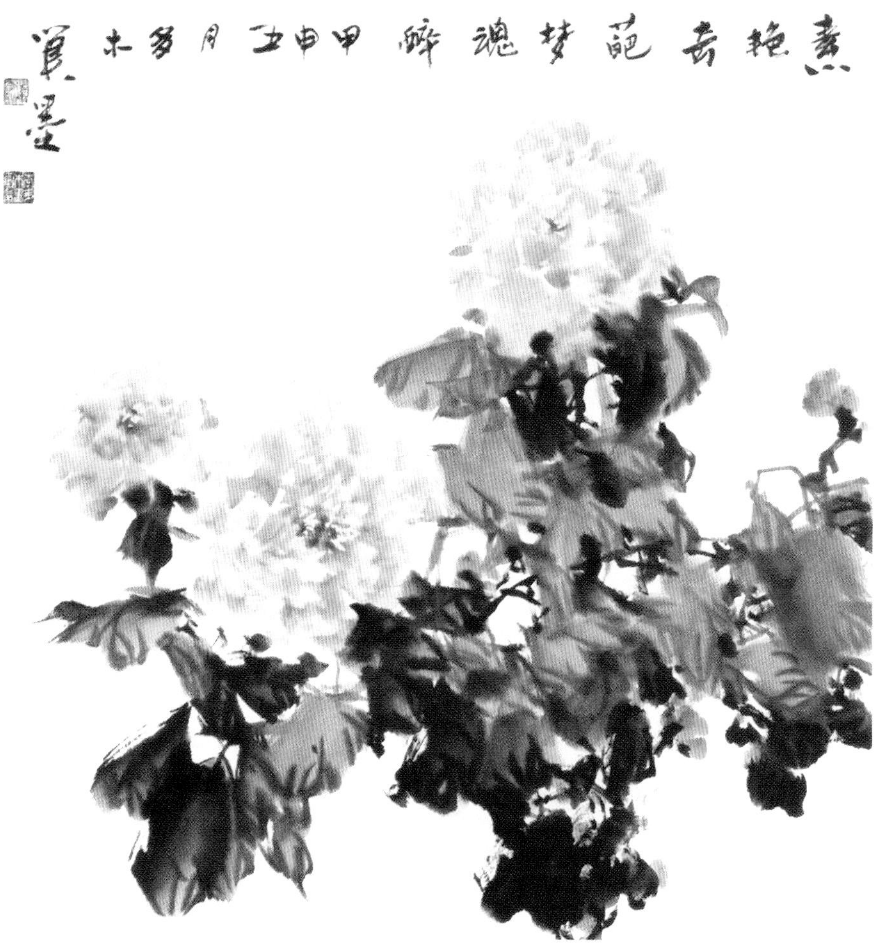

素艳奇葩

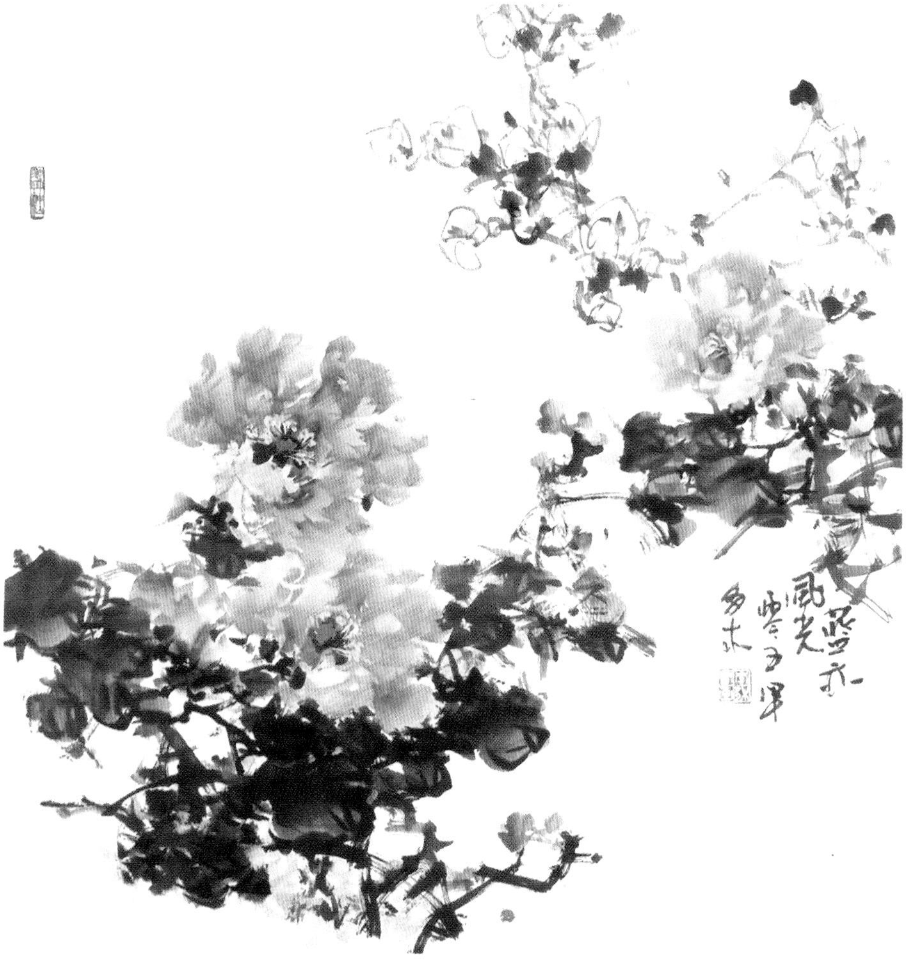

蓝亦风光

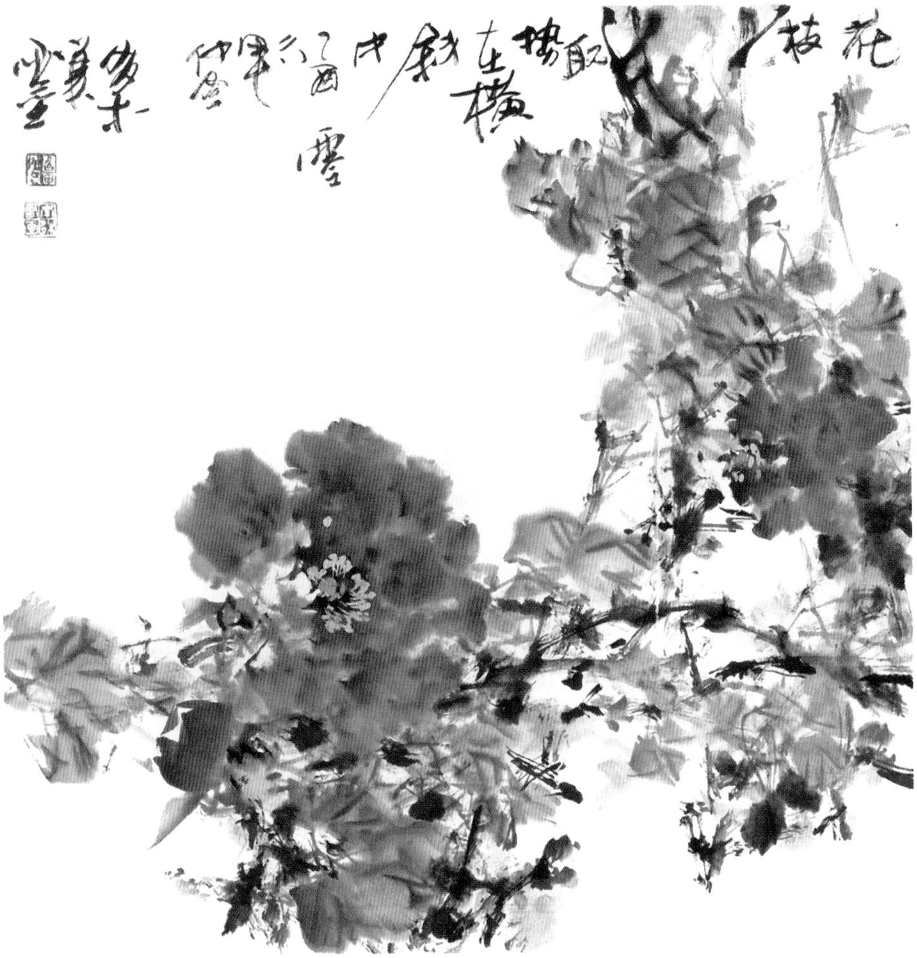

取势横斜

丽日图

黄牡丹

轻风图

国色拥翠

名花珍禽

欣欣向荣

相辉图

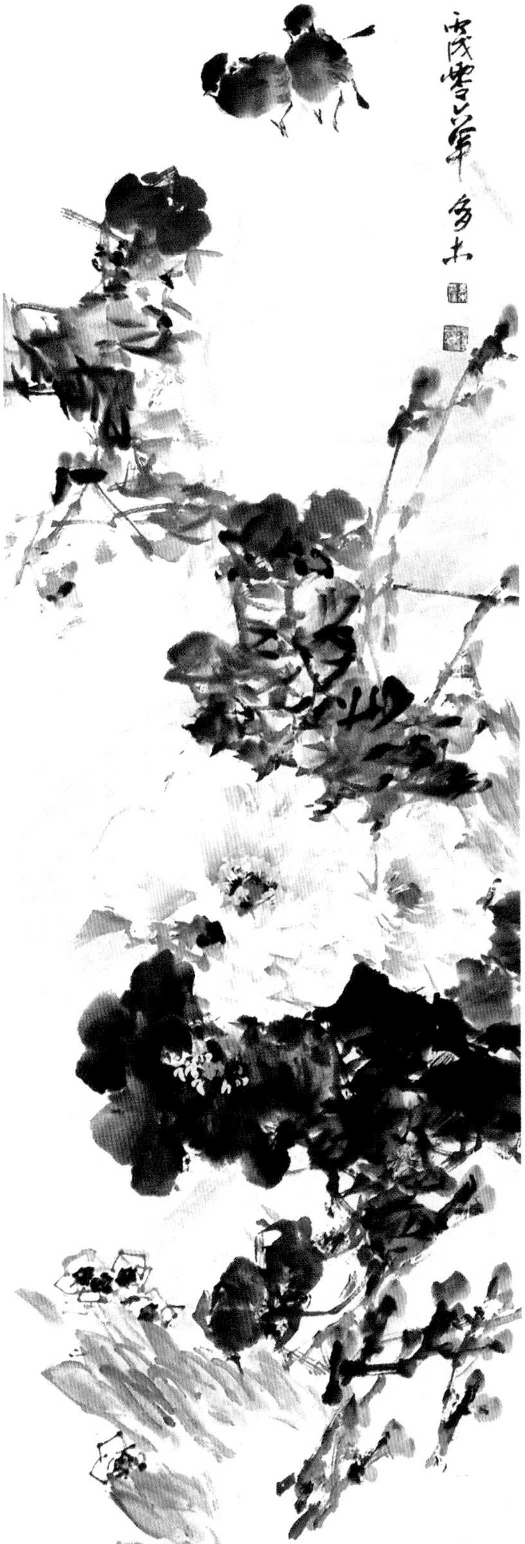

赏花图

奇葩图

花王图

仲春时节

晴阳高照

春醒图

长安春深

春来竞飞

嫣红欲醉

蓝田逸韵

古城春色

园林深处几回步 费尽推敲自传神

丙戌雪六东夏 贾木

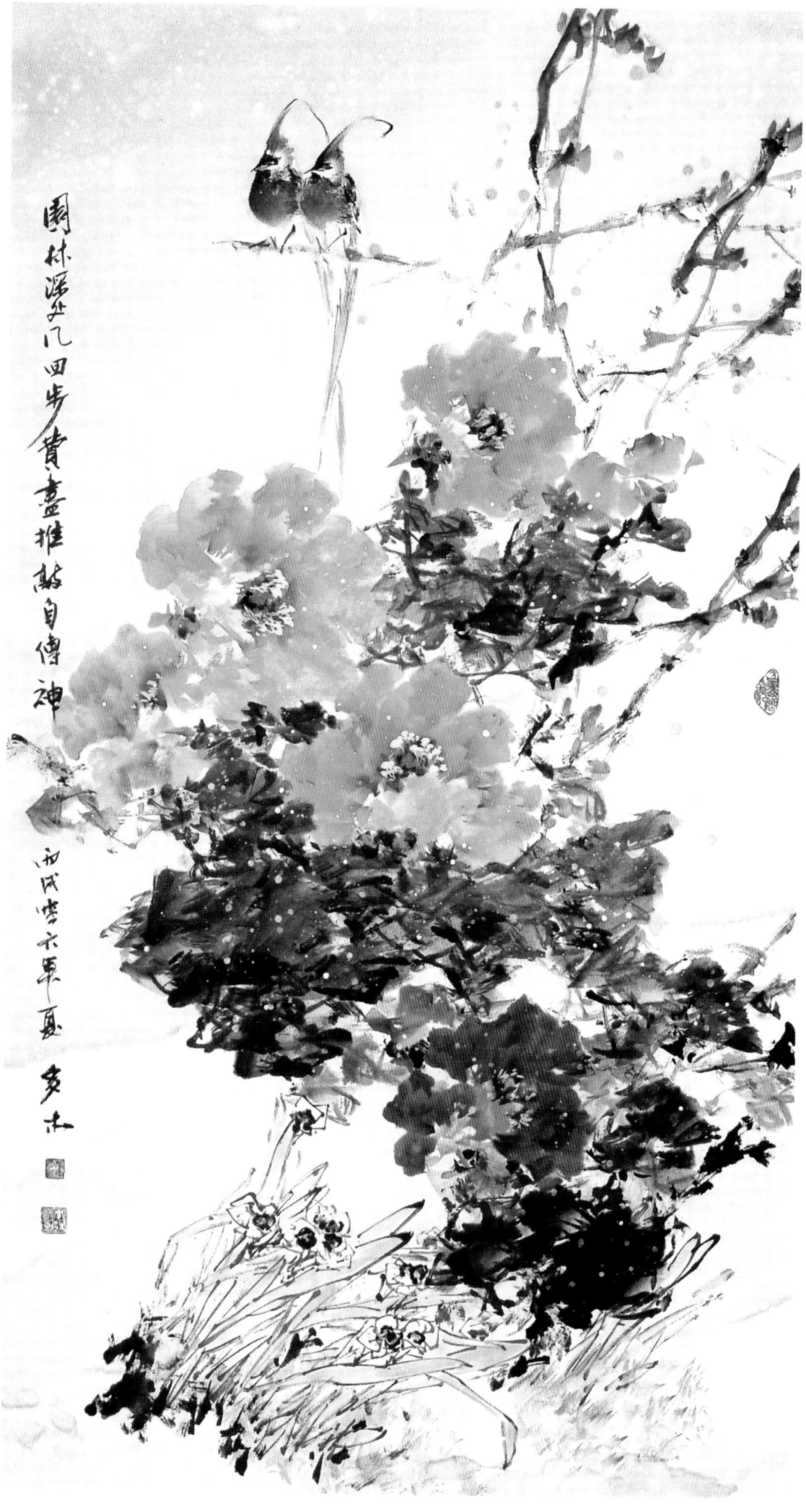

轻雪香风

国香图

春风图

晓园春酣

花贵唯牡丹

新花可赏

名花迎春

明月欲待花睡去

新 妍

朝 露

新花怒放

春意浓

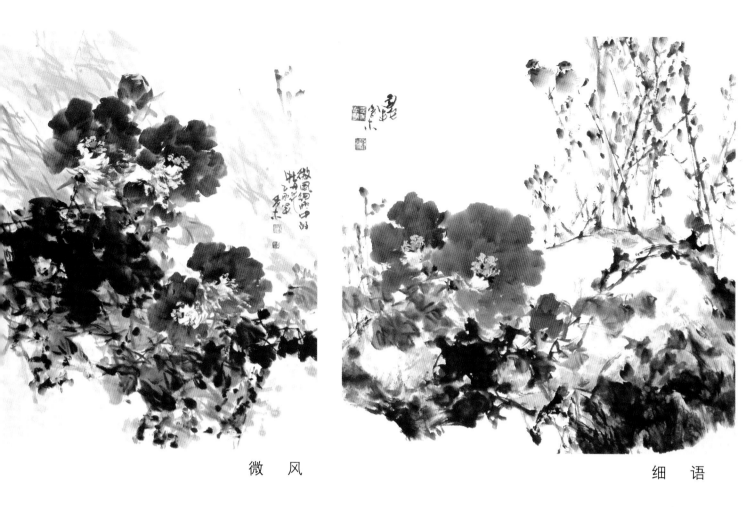

微　风

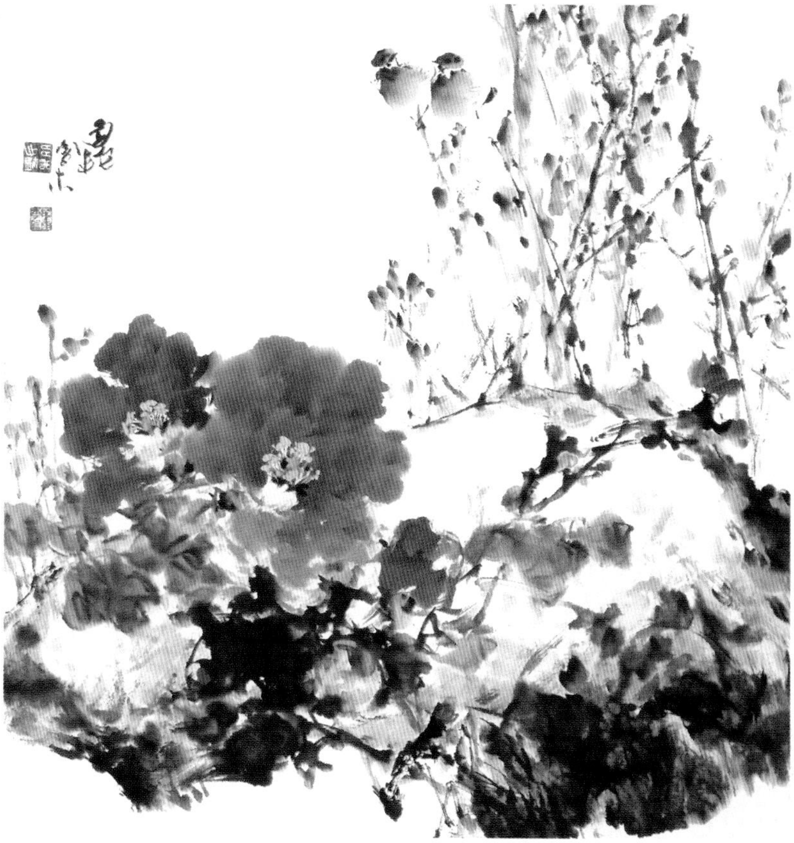

细　语

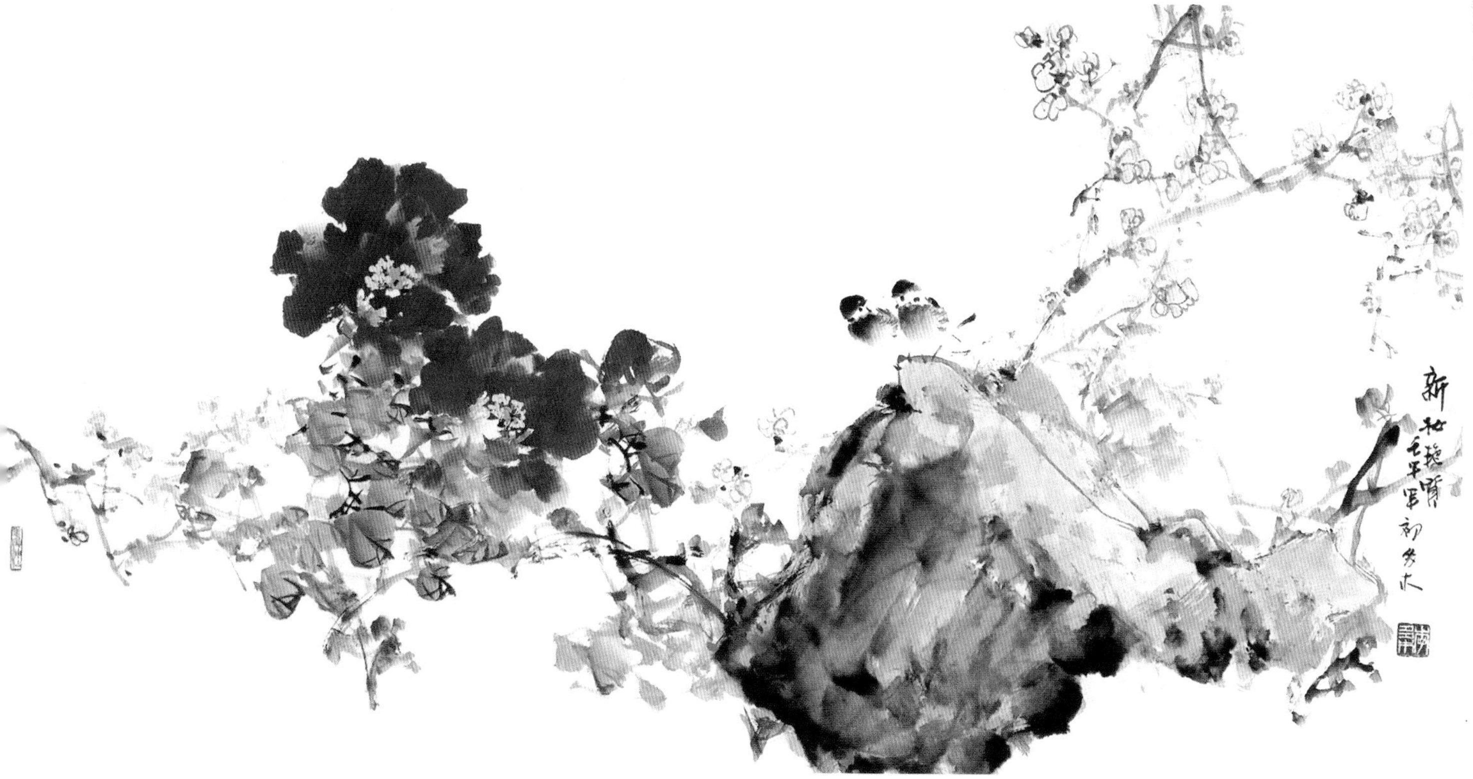

新　妆

天下无双

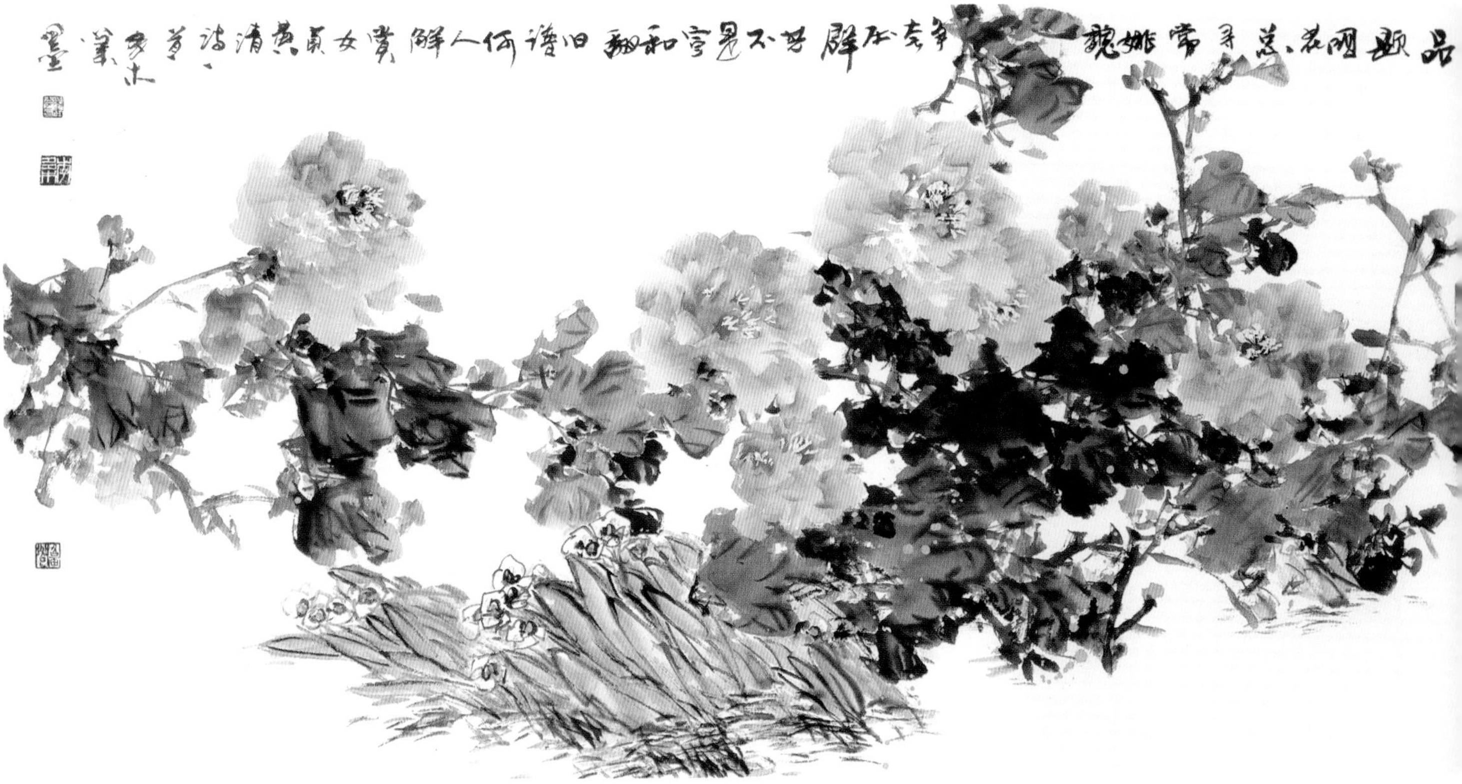

黄牡丹

春光

催花牡丹

晨　曲

玉羽春晖

春风和畅

图书在版编目(CIP)数据

李多木写意牡丹/李多木绘.—福州:福建美术出版社,2007.4

(中国画精选)

ISBN 978-5393—1811-0

Ⅰ.李… Ⅱ.李… Ⅲ.牡丹-写意画:花卉画-作品集-中国-现代 Ⅳ.J222.7

中国版本图书馆CIP数据核字(2006)第155582号

李多木写意牡丹——中国画精选

出版发行:福建美术出版社(福州市东水76路)

制版印刷:福建彩色印刷有限公司

开本印张:889mm×1194mm 1/16 3.5印张

版　　次 2007年4月第1次印刷

印　　数 0001–3000

书　　号 ISBN 978-7-5393-1811-0

定　　价 58.00元